国家なくして平和なし

［樺太《からふと》］［満洲《まんしゅう》］故郷《ふるさと》はるか

…ゴのごとく、国防という国家の要諦を蔑ろ
…い。即ち、亡国である。亡国下の国民が

…改めて樺太と満洲国における終戦前後の
悲劇を体験した証言に耳を傾けよう。

目　次　No peace by eliminating the State

鮮やかに生まれ変われ！日本

櫻井よしこ

私たちの祖国、日本は一体どんな国なのか。戦後、日本人が国家という存在の意味や、日本の奥深い歴史について余り意識しなくなったのは悲しむべき傾向だが、それでも、日本の中心にいつも皇室の存在があることに変わりはない。

皇室に凝縮《ぎょうしゅく》される日本の善き価値観は国としての統合を成し遂げる原動力になってきた。三・一一の東日本大震災のときも、天皇のお言葉が日本人の心をひとつにした。国民の心が皇室を中心に統合されれば、どんな困難も乗り越えられる。その証《あかし》の最大の事例が明治維新の成功だったと思う。

鎖国から開国へと、歴史が劇的に展開した時、列強諸国の前で日本の国力は極めて脆弱《ぜいじゃく》だった。長い鎖国で平和が続いた結果、日本には軍事力が決定的に欠けていた。工業化以前だったために経済力もなかった。他国との交流を禁じていたので、情報力も乏しかった。

軍事力、経済力、情報力のない国は、国とは到底言えない弱い存在である。容易に他国の餌食《えじき》になる。そこで、明治新政府は国民の心深く浸透している日本の善き価値観を呼び醒《さ》まし、統合をはかろうとした。そうした価値観を体現していたのが、皇室であり、明治天皇だった。日本研究の重鎮、ドナルド・キーン氏は開国を迫られる危機の中で日本国の中心軸の役割を果たした明治天皇を研究した。著書には思わず微笑みたくなる一風変わった明治天皇の人間的側面が描かれている。そのひとつが、明治天皇はお花見が嫌いだという点だ。なぜだろうか。その理由を知るのに京都に関して発せられた明治天皇の言葉が参考になる。

周知のように、明治天皇は、父帝、孝明天皇の崩御《ほうぎょ》で、十四歳にして天皇となった。それから二年後の一八六八年、明治維新で文字どおり日本国を担う立場に立ち、東京に移られる。その後一度京都に戻るが、明治二年に再び東京に行幸なさり、以後、東京にお住いになった。

東京に移られた天皇の憂い顔に、側近の一人が京都に戻られるよう勧めると、仰ったのだ。

「朕は京都が好きである。故に京都へは参らぬ」

明治天皇は「自分の好き嫌いに従いたくなかった」「自分は楽しむために生まれてきた人間ではないとの、儒学的な思想」が背景にあると、キーン氏は解説する。自らの好みや思いで行動するのではなく、国民と国家の安寧に奉ずることを優先するという決意だっただろう。ちなみに明治天皇は、天皇のために造られた日本各地の別荘に一度もお出ましにならなかったが、花見をなさらなかったことと通底しているのではないか。

暑い夏、寒い冬、各地での静養を勧められると、明治天皇は、国民は暑さ寒さの中でも働いている、自分だけ静養する気になれない、「朕は臣民の多くと同じことがしたい」と仰った。このようなお気持は、後にもっと明確な形で実践されている。

明治二十四（一八九一）年の大津事件のとき、明治天皇は直ちに行動を起こした。ロシア皇帝と負傷したニコライ皇太子に電報を打ち、皇太子の見舞いのため、あれ程自らを律して訪れなかった京都に向かわれた。深夜に到着し、皇太子の滞在先に赴いたが、天皇のお見舞を、憤激おさまらないロシア側は拒絶した。それでも天皇は翌日、再度訪問する。さらに皇太子に同行してロシア艦が停泊する神戸港まで無事に送り届けた。ロシアが天皇を連れ去るのではないかと側近が心配する程緊迫した状況の中で皇太子の招きを受けると、ロシア艦上での食事に応じられた。日本国の元首として、当時の大帝国ロシアの怒りを鎮めるために誠意を尽されたのだ。

状況は異るが大東亜戦争で敗れたとき、日本国を占領し、全権を掌握したマッカーサー司令官に、昭和天皇が自らはどうなってもよいとして、日本国の再建を願い出た行為と、明治天皇の行動は、責任を一身に引き受けるという意味で、共通するものが多い。

常に国民と共に在りたいとの明治天皇の思いは、三年後の日清戦争の勃発時、新たな行動につながった。明治天皇は、朝鮮半島に近く、主力部隊の出港地だった広島の大本営に赴かれたのだ。粗末な木造二階建の民家に七か月滞在、戦地の兵と同じ生活をと仰って暖房なしで過ごされた。

国民に寄り添いながら、五十九歳の崩御まで、明治天皇は終身、天皇として過ごされた。皇室を軸にした国家統合の求心力が働かなければ、当時の弱肉強食社会で日本は清国のように、或いは他の多くの小国のように、列強に侵食され尽しただろう。

維新から七十七年後、日本は敗戦し、皇室の位置づけは変えられた。しかし、皇室の存在が国家の求心力となる日本の国柄は、辛うじていまも保たれている。保たれてはいるが、国柄を守り続けるには、私たちの国の歴史、皇室の役割についてより一層の学びが必要だと痛感する。

国の存在や意味について、私たちはいまどれだけ認識しているだろうか。国家がしっかりしているときにのみ、国民生活の安寧は守られる。国家がしっかりするには三つの土台が揃っていなければならない。経済力と軍事力、さらに民族の誇りである。経済力はあっても軍事力のない国は他国から滅ぼされる。軍事力があっても経済力のない国は内側から滅びる。経済力と軍事力があっても日本人であるという意識や日本文明への理解と誇りがなければ、日本国としての力は発揮しにくい。

日本は戦後、経済を発展させることに国力を注ぎ、立派な経済大国になった。大いに誇ってよいことだ。他方で軍事力に対してはアレルギーと言ってよい拒否反応を抱くようになった。日本国と日本国民の安全を他国、即ちアメリカに依存するばかりで日本人の私たちは努力しなくとも平和の内に暮らせると、無責任にも思い込んだ。自らを守ることもしない民族に、自身への信頼や誇りは決して生まれない。

私たちが戦後日本に特徴的なこれらの欠陥に目醒めて、自ら変わるより先に世界が動いた。もはや経済の一本柱で国を支えることは困難になってしまったのだ。アメリカではドナルド・トランプ氏が次期大統領に決まった。アメリカが超大国であり続けることに変わりはないが、従来の国際法重視や人間の自由の尊重といった価値観が健全な形で生き続けるのか、疑問を抱かざるを得ない。「アメリカ第一」を唱え、国益を犠牲にしてまで他国を助けることを拒否するアメリカは大国ではあっても普通の国になるということだ。アメリカ依存の戦後の日本の安全保障体制が根本から否定されているのである。

他方、隣国中国は力を前面に押し立てて強硬路線をとり続ける。一党独裁で異なる価値観を持った勢力が力をつけつつあるのだ。中国の膨張路線の前で、日本らしい価値観と国民生活の安寧を守り続けるために私たちに何ができるのかを、いま、考えよう。

まず過去の歴史から賢く学びたい。チベット、ウイグル、モンゴルの三民族が辿りつつある運命は、国がしっかりしていない民族の悲劇そのものである。日本も、満洲や樺太の悲劇を味わった。であれば、二つの側面から国家基盤を堅固ならしめるしか方法はないだろう。

いま決定的に欠落している国防力を、憲法改正も含めて強化し、経済力と合わせて国家基盤としての両輪を揃えることができれば、そのとき初めて日本は鮮やかに生まれ変われる。そのことは米軍と助け合う形で日米協調関係を強め、国際社会で同じ価値観を共有する国々との関係を強化することにつながる。アメリカに一方的に依存し続けるかわりに、支え合える体質へと、日本が変身することで世界の展望はどんなに明るくなることか。

次に、日本の価値観に目覚めることで日本人としての大きな力を得たい。明治天皇のなさったことも、昭和天皇のなさったことも、日本的価値を示す具体的な指針である。国民を大切にする穏やかな文明、有事の際には雄々しく立ち上がる民族であることを誇りにしたい。道義を重んずる国としてアジアにも世界にも範を示し、日本的貢献を重ねていけるよう願っている。

【樺太編】

小林恒夫
（一社）全国樺太連盟会員

私の樺太終戦日記

家族と。右から二人目が２歳のときの小林氏

非道なソ連軍は北海道占領まで企《くわだ》てていた。
残虐なソ連兵によって犠牲になった多くの日本人、
そしてシベリア抑留の辛酸を嘗め、散華された英霊に手を合わせたい。

小林《こばやし》 恒夫《つねお》

昭和10年、東京生まれ。生後すぐ父親の転勤に伴い南樺太豊原市へ。現地にて小学校（国民学校）へ入学、5年生の昭和20年8月、ソ連が日ソ中立条約を破り南樺太に侵入、占領下で約2年帰還できず、ソ連共産主義の実態を知る。帰還してから大学卒業後、製紙会社に40余年勤務。現在、全国樺太連盟会員として、連盟の目的である樺太の歴史を残す活動に尽力。日本会議中野支部副支部長。

豊原駅（左奥）と郵便局（右）
昭和15年9月撮影　（写真／毎日新聞社）

日ソ中立条約
昭和16年4月13日締結。内容は両国間の平和友好、領土の保全・相互不可侵、第三国との戦争における中立保持、有効期間5年。併せて満洲国とモンゴル人民共和国の領土保全・不可侵を約束する両国の声明が発表された。昭和20年4月、ソ連は本条約の不延長を通告したが、有効期間中の同年8月8日、一方的に破棄して日本に宣戦布告した。

終戦が悲劇の始まり

平成28年、戦後71年目の終戦記念日を迎えましたが、私の71年前の終戦日は南樺太《みなみからふと》でした。大東亜《だいとうあ》戦争中、南樺太は米軍の空襲一つ無く、そのまま終戦となれば南樺太は日本で最も平和な島で残されるはずでした。それが一転、終戦の一週間前（昭和20年8月8日）にソ連軍が日ソ中立条約を破り、一方的に日本に宣戦布告して満洲《まんしゅう》、南樺太、千島《ちしま》への侵略を開始しました。ソ連との中立条約は翌年の昭和21年（1946）4月まで有効でした。そして敗戦による武装解除など消極的な戦力の日本軍に攻撃を仕掛け、多くの日本住民が残虐なソ連兵の犠牲となり、島と住民を守るため多くの日本軍兵士が戦死しました。今、我々が終戦記念日としている8月15日は、南樺太ではソ連軍の猛攻が始まった頃です。

私は東京生まれですが、生後すぐ父親の転勤に伴い、樺太の豊原市《とよはら》（樺太庁所在地）に渡り、以来12年間、戦争を挟んでの樺太暮らしとなりましたが、昭和20年のソ連侵略後の占領下の約2年は私の長い人生経験の中でも忘れられない強烈な想い出として残っています。しかし、その記録も70余年過ぎて次第に歴史の舞台から消えつつあり、当時の出来事を知る人達も高齢で少なくなりました

1905年のポーツマス講和条約に基づく国境線。我が国はこの時点を権原とすべきである。

[外務省ホームページ「われらの北方領土」をもとに作成]

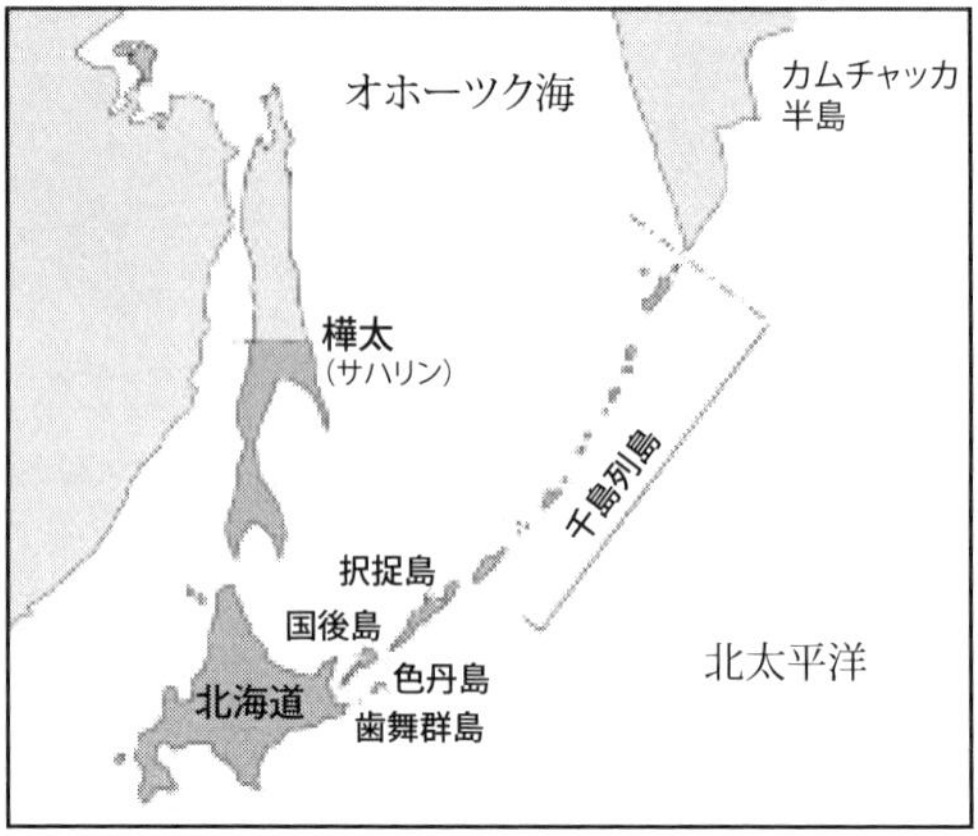

南樺太の主要図

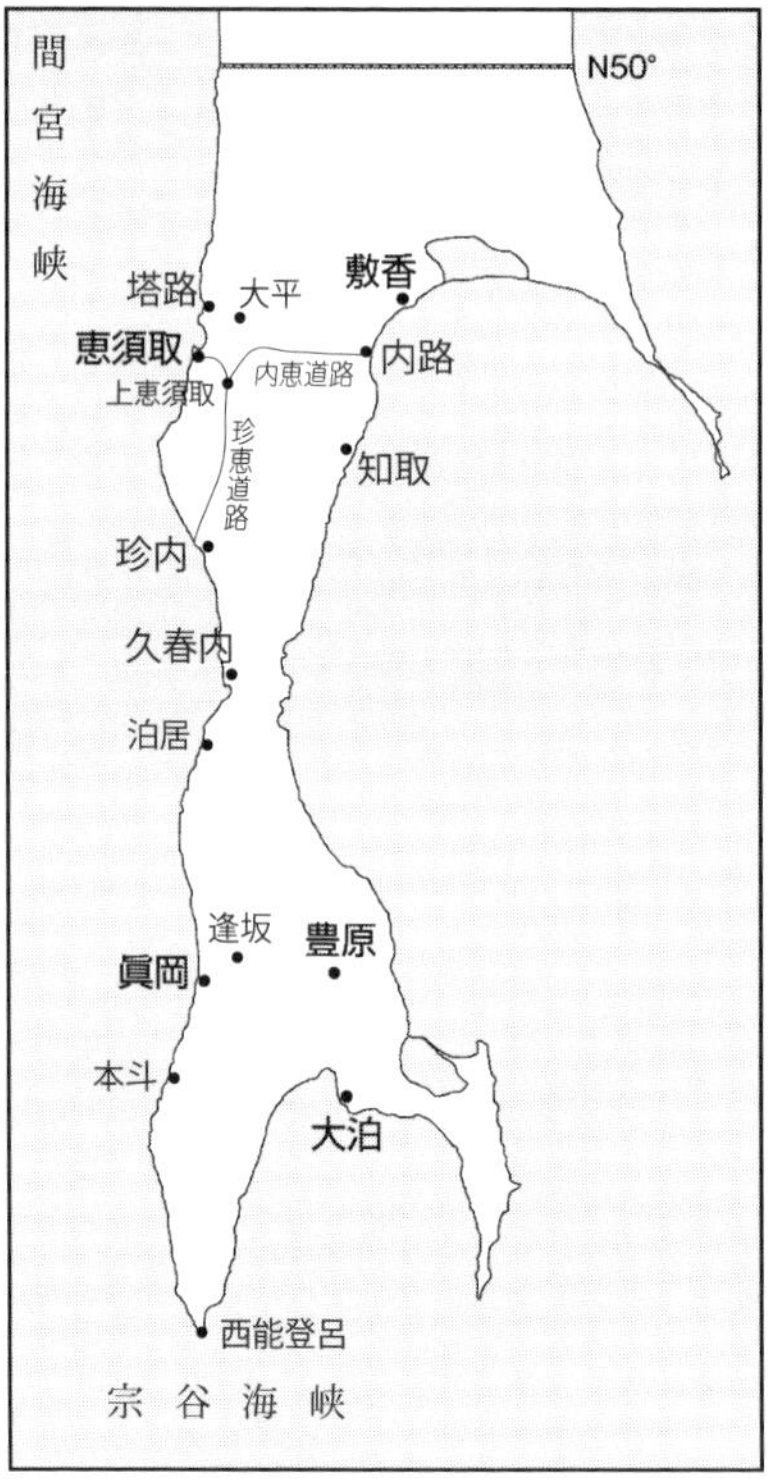

樺太島北緯50度以南、南樺太の面積は約36090㎢で九州島よりやや小さい広さである。南端の西能登呂岬と北海道宗谷岬との間は43㎞の距離。

樺太・千島の歴史

●1855(安政2年)　日本国魯西亜国通好条約(日露間で千島の国境画定―得撫・択捉間。樺太は混居地)

●1875(明治8年)　千島樺太交換条約(樺太は露、全千島は日本)

●1905(明治38年)　ポーツマス講和条約(樺太の北緯50度以南が日本に譲渡さる)

●1945(昭和20年)8月終戦間際、ソ連軍がソ連と満洲の国境、南北樺太の国境線(北緯50度)を越え侵攻。千島には終戦後侵攻。日ソ中立条約は1946年4月まで有効だった。日本人住民はソ連占領下の屈従の後追放され、日本軍将兵はシベリア等に抑留された。以降、今日まで南樺太、千島列島のソ連・ロシアによる不法占拠は続いている。

国際法上は、1952(昭和27年)、サンフランシスコ講和条約(日本は南樺太、4島を除く千島の領有権を放棄。これらを自国領とするソ連の主張は認められず、ソ連は同条約には未調印)によって、南樺太、4島を除く千島は現在も帰属未定。なお、昭和18年時点で、南樺太の人口は約40万人だった。

が、あの時、終戦日が過ぎているにも拘わらず、ソ連兵に殺された多くの日本人（私の小学校の仲間もいます）、そして領土、住民を守る為に戦って戦死した日本軍兵士、これらの人々の無念さを後世に伝えるのも私たちの責任だと思っています。最近は70年余前の樺太の悲劇的な出来事を多くの方々に知って頂くために、当時のことがよく解るＤＶＤを観ながらお話する機会を頂いています。

非道なスターリンの野望と南樺太への侵攻

１９４５年2月のヤルタ会談において、スターリンはドイツ降伏後、３か月以内に日本へ宣戦布告することでルーズベルトの了解を得たと言われ、その後すぐルーズベルトは亡くなり、トルーマンに替わりますが、アメリカの対日政策は結果的には同じでスターリンの対日戦争を認めることになります。これはアメリカの重大な判断ミスだったと思います。そしてこの時、スターリンは南樺太、千島だけではなく北海道北部も占領する積《つも》りでした。

同年、7月26日ポツダム宣言が発せられ、ソ連はあわてて参加表明をして、8月8日の対日宣戦布告となります。広島の原爆の話は樺太にも伝わり、学校の仲間内で広島に特殊爆弾が落ちたらしい、と噂をしていましたが、さらにソ連が攻めてくるという情報で、一瞬、ソ連？ 何故？ と思いました。同時に国境

ヤルタ会談
１９４５年2月、米・英・ソの首脳が出席し、黒海北岸クリミア半島のヤルタで開かれた会談。ドイツ降伏後２～３か月以内のソ連の対日参戦を条件に、南樺太・千島列島をソ連へ引き渡すことなどを取り決めた（ヤルタ協定）。ヤルタ協定はルーズベルトの死後、ホワイトハウスの金庫で発見され、１９４６年2月、米国国務省から発表された。この協定は日本領土の処理を当事者以外の第三国だけで決定した密約として問題視されている。

ヨシフ・スターリン
ソ連共産党最高指導者（1922-1953）。

フランクリン・ルーズベルト
アメリカ合衆国第32代大統領（1933-1945）。

ハリー・S・トルーマン
アメリカ合衆国第33代大統領（1945-1953）

ウィンストン・チャーチル
イギリス首相（1940-1945／1951-1955）。

（北　面）（南　面）

第四天測点に於ける境界標石
北緯50度、日露国境を示す
（写真／全国樺太連盟）

死の内恵道路
間宮海峡に面した西海岸北部の町、恵須取、塔路がソ連軍の上陸侵攻を受けると避難民は急増し、それまで以北の避難民は鉄道駅のある久春内

の向こうはソ連だと改めて意識することになりました。

当時の日本軍の樺太守備隊は88師団でしたが、対ソ連戦争は予想しておらず、戦車や高射砲など主力兵器は対米戦に備える千島の91師団へ渡されていて、樺太師団は機関銃と速射砲など僅かな戦力でした。樺太の日本兵は、この圧倒的な軍事力の違いと終戦の日本軍への応戦停止命令を判断しながら決死の戦闘で住民を守りました。

昭和20年8月ソ連の侵略は最初、国境付近に10日頃侵入、日本の陸軍小隊と国境警備警察官との戦闘となりました。武器の差が圧倒的に不利な日本軍は多くの戦死者を出しながらも一昼夜にわたり、よく敵を食い止めました。本格的な攻撃が始まったのは12日過ぎで、北西部の大きな町、恵須取《えすとる》が最初の攻撃目標となり、空襲、艦砲射撃、北からの戦車などで町は火の海となりました。住民の多くは鉄道駅のある東部の内路《ないろ》まで山越えの徒歩で70余キロの道を避難しましたが、途中、敵機の空襲により、婦女子を中心に多くの被害者が出る悲惨な結果となりました（**死の内恵道路**《ないけいどうろ》）。

8月13日、樺太庁より、婦女子、13才以下の児童、65才以上の老人の北海道への疎開《そかい》命令が出され、対象者16万人のうち9万余人が疎開したと言われています。私の小学校の仲間でも少しは先に帰ったのもいたようですが、豊原《とよはら》市内は、その頃はまだ平静でした。この時の樺太・千島を守備する陸軍は、札幌におけへ向け海岸沿いの道を南下していたが、海からのソ連軍の砲撃を避け、恵須取川を遡った上恵須取から徒歩で、植民(珍恵道路の山道を南下し、珍内に出て久春内へ向かうか、樺太中央山脈を横断する内恵道路で東海岸の内路を目指した。険しい山脈越えの内恵道路では、多くの人々が疲労と飢え、低空で迫るソ連機の機銃掃射で倒れたり自ら命を絶った。続いて上恵須取も灰燼に帰し、避難民の列は途切れることがなく凄惨を極めた。

久春内に辿り着いて鉄道で避難できた人々も、追い打ちをかけるように、眞岡で空襲に襲われた。また、命からがら内恵道路越えで辿り着いた内路にも、すでにソ連戦車隊が進駐しており、更なる避難を余儀なくされた。

る第五方面軍司令官の樋口《ひぐち》季《き》一郎《いちろう》中将の下にありました。

（なお、樋口中将は以前の赴任地の満洲ハルビンの第九司令官の時、ドイツを追われて満洲国境へ避難してきたユダヤ人を人道上の立場から大連、上海方面へ脱出させました。その後、政府の方針として日本はユダヤ人差別は行わないと決定します。有名な外交官の杉原千畝《すぎはらちうね》のビザ発行は樋口中将の約2年後です。また終戦の8月、樋口中将は樺太の師団に対しては、とにかく南下してくるソ連軍を極力阻止せよとの消極的命令しか出さざるをえず、停戦命令と住民保護とで相当迷われたと思います。）

終戦、そして停戦調印後も民間人を虐殺したソ連

北西部の恵須取付近の浜塔路に16日上陸した敵は南下を始めます。15日、終戦の御詔勅《しょうちょく》を私は学校の校庭で拝聴しました。よく理解できませんでしたが、先生方の様子で敗戦を意識できました。この日はソ連が一方的に宣戦布告してから丁度一週間です。しかしその最中もソ連軍が侵攻してきているので、どうなるか不安でした。実際、その頃、北部に住んでいた住民はソ連軍に追われて私の住んでいた豊原へ続々多数避難してきました。皆々手荷物も少なく、疲労と恐怖感で気の毒な状態でした。これらの人々は北海道へ避難する船を待つこ

（豊原）ユジノサハリンスク

（大泊）コルサコフ

樺太の日本人慰霊碑
サハリン（南樺太）各地に計16か所ある。

九人の乙女 ↓22頁
後に、映画や小説の題材となった。

三船殉難事件 ↓26頁

とになります。

しかし、領土を占領するのが目的のソ連軍にとって日本の降伏は無関係でした。終戦の8月15日を過ぎてから樺太で起きた悲劇は決して許すことができません。その主な出来事は以下の通りです。

❶8月16日、東部の大平《たいへい》炭鉱病院の防空壕で重病患者に付き添い勤務中の看護婦23名が、ソ連軍からの避難が間に合わず、進退窮《きわ》まって青酸カリを飲み手首を切って集団自決を図り、6名が死亡。

❷8月20日早朝、西部の港町、眞岡《まおか》に敵艦船の艦砲射撃と共に3500名の敵兵が上陸、町の住民を見境《みさかい》なく撃ち殺した。北海道へ疎開を待つ人たちもいて2千人以上の犠牲者が出たといわれる。この時、眞岡郵便局の電話交換手が最後まで職場を守り、集団自決して9名が亡くなった実話は有名である（**「氷雪の門」九人の乙女**）。

❸8月22日朝、樺太からの疎開者を乗せた小笠原丸《おがさわらまる》、第二新興丸《だいにしんこうまる》、泰東丸《たいとうまる》の三船が北海道留萌《るもい》沖でソ連の潜水艦の攻撃を受け小笠原丸と泰東丸は撃沈《げきちん》、第二新興丸は大破したが敵潜水艦一隻を撃沈、留萌港へ避難したものの三船で1700名が犠牲になった。敵の潜水艦群が遊弋《ゆうよく》していたのはソ連が北海道上陸作戦に備えての準備だった（**三船殉難事件**）。

停戦軍使

眞岡では二度も停戦軍使が射殺された。
初めに派遣された村田徳兵中尉が軍使に出る直前、両親に宛てた手紙には、桜井の訣別を詠んだ会津藩士・野矢常方の和歌が添えられ心情が偲ばれる。

君がため
散れと教へて己れ先づ
嵐に向ふ桜井の里

次に村山康男中尉を送り出した時の事を、連隊長は次のように語っている。「『師団命令で日本軍は停戦をする。ソ連軍の要求事項を聞いてくるのが任務だ。真に大切な役目だから用心に用心を重ねて……』というと『私は死んでもよいのです』とこたえた。私がキッとなって『何をいうのか、死んで責務が果せるか』というと『いや死んでも責務は果たします』といった。そして握手をして出発していった。」（金子俊男

---

❹8月22日午後3時頃、白と赤の旗が掲げられている豊原市に敵機が3機襲来、駅前で帰還を待つ大勢の人々の中に爆弾を投下し、更に機銃掃射《きじゅうそうしゃ》を加え数百人の死傷者がでた。この瞬間と現場は私も目撃していたが、まさに地獄《じごく》の有様だった。終戦日から1週間も経《た》ち、しかもソ連との停戦調印（8月22日正午）も終わってから、こんなことは許せない。これが第二次大戦最後の空襲であろう。この他にも島内四か所で停戦交渉の軍使《ぐんし》が全員射殺されるなど信じられないソ連共産主義の非道《ひどう》ぶりを象徴する事件が起きている。

8月24日、私の住んでいた豊原市の大通りに30輌《りょう》位のソ連の大戦車部隊が入ってきて、先頭が我々の前で止まり、中からソ連兵が出てきました。あたりをキョロキョロ眺めていましたが、多分、ドイツ戦からそのまま来たのか、皆、かなり汚れた服装だったと記憶しています。そしてこれが事実上樺太占領の終了だったと思います。

従って南樺太は8月9日から日本の終戦日までの一週間、そして終戦日から停戦までの約一週間の併《あわ》せて二週間でソ連によって軍事占領されたことになります。

樺太を占領したソ連兵は、各地で日本人に対して暴虐《ぼうりゃく》の限りを尽くします。殺人、強奪《ごうだつ》、強盗《ごうとう》、強姦《ごうかん》等の犯罪により大勢の被害者が出ました。住民は用心

『樺太一九四五夏―樺太終戦記録』）

五か年計画
社会主義国家建設のために進められた計画経済（↔市場経済）による。後に期間は7年となりソ連崩壊まで続いた。計画ありきで結果はカモフラージュされ、市場のメカニズムにそぐわず疲弊した。

南樺太に関する歴史・文化、戦争、引揚げの労苦、サハリン州との交流等の展示紹介。

樺太関係資料館　電話 011-231-4111
〒060-8588 札幌市中央区北3条西6
北海道庁旧本庁舎（赤れんが庁舎）2階

のために夜は玄関に板を打ち付けたり、娘さんのいる家では夜は天井裏や地下のムロに寝かせたりしました。女性は髪を短く男装して外出するなど危険に備えました。私の家にもある晩、ソ連兵の強盗が銃で脅《おど》しながら入ってきて金を取り、ウイスキーを飲ませましたが、1時間位いたと記憶しています。ソ連兵はなによりも時計を要求しました。当時のソ連は、すべて五か年計画で時計は贅沢《ぜいたく》品だったのか、あまり製造していなかったのかもしれません。刺青《いれずみ》をした兵隊もよく見かけましたが多分、囚人《しゅうじん》兵でしょう。これ以外にも諸々の悲劇がありましたが、話すことは止めておきます。

ソ連占領下の生活、そして帰還

占領された豊原市にはソ連軍の軍司令部が置かれ、ソ連の軍政が始まります。諸々の軍命令が出され、銃刀《じゅうとう》類やラジオの提出、夜間9時以降の外出禁止など厳しい通達が出ました。一方、ソ連兵などの乱暴は処罰するから届けるようにとの指示もあったようです。

町に少し落ち着きが出始めたのは3か月以上過ぎてからでしょうか。それでも、この間、日本軍兵士、警察官に対しては全員収容所収容とシベリア送りが始まります。日本兵士の強制労働も始まっていました。更に樺太庁の長官や主

ユジノサハリンスク（旧・豊原）駅前広場に立つレーニン像

引揚に関するGHQとの合意
昭和21年1月「引揚に関する会議」で、海外全地域の日本人の送還が、全てGHQの指導下で行われることが決定。12月5日樺太からの引揚げ開始（第一船「雲仙丸」眞岡→函館）。

要関係者、裁判官などの司法関係者、また民間の主要企業の経営責任者など官民すべてが取り調べ対象者となり、やがてシベリアへ送られる方々も多く、民間人だけでも2千人と聞いています。反ソ行為容疑など意味不明な罪状でした。

学校も再開されましたが、生徒仲間は少なくなっていました。別の小学校ではロシア人児童の教室もできました。将校クラスは故郷から家族を呼び寄せたりして、街中にも一般のロシア人を見かけることが多くなりました。食糧は黒パンの配給です。時には大きなコンビーフの缶詰《かんづめ》があり、よく見ると英語の表記でしたから米軍支給品だったのでしょう。それからソ連兵の使っていたジープなどの車両は、あとから考えたら全てアメリカのものでした。アメリカが相当、ソ連に武器、車両などの援助をしていたのだと思います。

ソ連の占領下、一般の日本人にも強制労働が課せられ、中学生以上、女性でも45才以下は対象となりました。勿論、無報酬です。11月のソ連の革命記念日には役所にスターリンの大きな顔の肖像画が掲げられていました。共産主義といっても個人崇拝です。

いつ帰還できるのかと思いつつも、自国の領土を離れる気持ちは納得できないものがありました。

昭和21年12月に日本政府とGHQとの合意で日本人の帰還が始まり、翌22年には殆んどの日本人は帰還しました。私は家族と共に4月に眞岡港から函館《はこだて》に上陸しました。東京の家は空襲で無くなっていましたが、幸い父親の仕事の関係で一旦埼玉の大宮に住み、その後東京に戻りました。海軍航空隊にいて安否が不明だった長兄とも無事に再会できました。しかし樺太に暮らしていた多くの人々は樺太での仕事に全てを投げ打ってきたので、帰国後の生活設計は大変だったと思います。

共産主義の残酷さと国際社会の不条理

私が樺太のお話をするのは決して当時の悲劇をお伝えするためではなく、その背景を知って頂くことにあります。ソ連の侵攻から占領下の約2年間における感想は二つ、共産主義の残酷《ざんこく》さと国家間の条約や協定がいかに無意味なものかという思いです。日本の敗戦を確信したソ連は火事場《かじば》泥棒よろしく日本人殺戮《さつりく》と領土侵略を進めます。そこには国際ルールは存在しません。ヤルタ密約でスターリンもルーズベルトも日ソ中立条約の存在を知りながら日本侵攻を決めています。ルーズベルトにとっては日本を倒すためには手段を選ばぬ心境だったのでしょう。ルーズベルトの死後を継いだトルーマンも思想は同じで日本の停戦を遅らせ、国際法に反して原子爆弾を使用しました。

ソ連が日本の終戦日の8月15日を過ぎてもなお侵略を続けたのは最終目的が

シベリア抑留

ソ連軍が侵攻した満洲・北朝鮮・南樺太・千島列島で停戦が合意されると、各地で武装解除が行われたが、スターリンは、日本人軍事捕虜50万人をソ連内の収容所へ移送し、強制労働を行わせる極秘指令を下した。

冬には零下20～40度に下る酷寒のシベリアで、日本人抑留者は、森林伐採、鉄道敷設、建設作業などの重労働が課せられた。一日の食事は、例えば黒パン一切れとコーリャンで作った飯盒の蓋一杯の薄いスープだけで、満足な衣服も与えられず、収容所では赤痢や発疹チフスが蔓延するなど劣悪な環境に置かれ最初の冬を越せず命を落とした人が多かった。また、共産主義教育が施されその成果を示すことが帰国を早める条件とされた。日本人抑留者の帰還が始まったのは昭和21年12月からで、中断、再開、日ソ国交回復などを経て、最終まで10年を要した。厚生労働省によると、抑留された日本人は、民間人も含めて57万5千人に上り、内5万5千人が亡くなったとされているが、実態は解明されていない。ロシア軍事アカデミーのガリツキー大佐は、公式には解っておらず総数もはっきりしないが、抑留者には、従軍看護婦や民間の女性367人が含まれるとしている。

南樺太と千島列島の帰属→21頁

アメリカ議会の決議
1952年米国上院は、サンフランシスコ講和条約批准承認に際し「この承認は合衆国としてヤルタ協定に含まれているソ連に有利な規定の承認を意味しない」との決議を行っている。1956年には国務省が「ヤルタ協定はルーズベルト個人の文書であり、米国政府の公式文書ではなく無効である」と公式声明を出している。

北海道北部の占領にあったからです。アメリカもそのことに漸《ようや》く気付き、ソ連の北海道占領を拒否しました。シベリア抑留《よくりゅう》で日本人が悲惨な体験をさせられたのは、そのせいだという説もありますが、真実はわかりません。いずれにせよ、ソ連が主張した「日露戦争で日本に奪われた領土を取り戻す」という戦争理由は、完全な嘘だったことは明らかです。事実、ソ連軍は8月25日を過ぎても北海道上陸を目指す戦車部隊などを樺太の南の大泊《おおどまり》港に運び、北海道上陸態勢をとっていました。

南樺太、千島列島は正式な手続きに基づく日本の領土でしたが、サンフランシスコ講和条約で日本の権利は放棄させられました（北方四島は除く）。しかしその帰属《きぞく》はまだ決まらず、ロシアの不法占領のまま年月は経っていきます。ロシアは当初、ヤルタ密約を根拠として占有《せんゆう》を主張してきましたが、アメリカ議会はヤルタ会談は法的に無効と決議し（1952年3月）、南樺太、千島はサンフランシスコ講和会議調印の連合国の「預かり」となっていて、ロシアの主張する法的根拠は無くなりました。ところが、北方四島でさえ二島返還や三島返還などの愚論《ぐろん》があることは日本民族の精神的劣化だと思います。過去、一度もロシア領になっていない四島が終戦日も20日近く過ぎた9月初めに侵略占領されたことは、島を残してくれた我々の先祖に申し訳ないと考えるべきです。

日本としてはヤルタ以前の権利、権原《けんげん》（正当とする法律上の原因）を現時点にそのまま引き継ぎ、その実態を世界に明確に訴え続けねばなりません。日本固有の領土であった南樺太、千島が地図上70年近く白紙のまま存在していることの異常さに日本人はもっと関心を持つべきです。なによりも一国の領土がその所有当事国の承認なしに取引されることなど国際法上ありえません。

２００５年、権威ある欧州議会が第二次大戦関連のソ連の行為に関し、日本の北方四島は日本に帰属すべきものとの決議を行い、日本の立場を支持していますが、日本のマスコミはあまり報道していません。終戦時、アメリカが占領統治区域から樺太、千島を除きソ連の占領区域にしたのは最大の誤りです。アメリカは一方的に侵略しただけのソ連に対日戦勝国の資格を与え、９月２日のミズーリ号上での降伏調印式に参加させるなどスターリンへのご機嫌《きげん》取りのようなことをしました。

また、樺太、満洲各地からシベリアへ抑留された人々はソ連のポツダム宣言違反の被害者です。被害者の実数はいまだ正確になっていません。

“無防備憲法”でいいのか

私は、経験上、国防の大切さを訴えたいと思います。どんなに戦争は嫌でも避けられない場合があり、突然、領土が奪われ、多くの人々が殺害され、悲惨な

欧州議会の決議
2005年7月「EUと中国・台湾関係及び極東における安全保障」決議
竹島及び尖閣諸島問題の解決と併記して、「第二次世界大戦の終結期にソ連により占領され、現在、ロシアにより占領されている北方領土の日本への返還」を求めた。EUに加盟したばかりのバルト三国や旧東欧諸国の強い要望で採択された。

ポツダム宣言違反
1945年7月26日の米・英・ソの首脳会談で、日本に降伏条件を示したポツダム宣言を発表。会談に参加しなかった中国が同意し、会談に参加しなかったソ連は対日参戦前であったため米・英・中の共同宣言となり、ソ連は8月8日対日宣戦布告とともにこの宣言に参

加した。8月14日、日本はポツダム宣言を受諾・通告したが、ソ連はこの日より後も日本に攻撃を加えた。同宣言第9条には「日本軍は武装を解除された後、各自の家庭に復帰し、平和的な生活を営む機会を与えられる」とあり、日本軍の武装解除後に行われたシベリア抑留は、これに反する明らかな国際法違反である。

目に遭《あ》うことが現実にあるということです。この経験があれば今の憲法のように国が領土と国民の生命を守ると規定していない法律は考えられません。ましてや、9条2項にある「交戦権を認めない」などは国家ではありません。

憲法9条を守れと叫んでいる人々には、終戦の年の8月22日（終戦日から1週間後）に豊原で、停戦協定締結後にソ連が大勢の婦女子の真ん中に投下した爆弾による地獄の状況を見せたい気持ちです。なにが平和か、平和憲法＝無防備憲法で、これほど怖い憲法はありません。次世代の日本の子供たちを健全に育てていくためにも、日本が国際的に強い存在になるためにも、一日も早く国と国民を護《まも》れる本当の憲法を制定せねばなりません。

南樺太と千島列島の帰属

サンフランシスコ平和条約第二条C項によって、日本は千島列島と南樺太を放棄したが、その帰属先は規定されておらず、千島列島の地理的な範囲も定められていない。

北方領土4島（歯舞諸島、色丹島、国後島、択捉島）は、日露和親条約（1855年）で確認されたときから日本領とされていたのであって、千島・樺太交換条約（1875年）によって得られた千島列島には含まれない。サンフランシスコ講和条約で放棄する千島列島に、北方4島は含まれないというのが日本の立場である。

また同条約第25条は、条約に加わっていない国が、条約によって何らかの権利や利益を得られるものではないと規定しており、サンフランシスコ講和条約に署名していないソ連・ロシアが同条約を根拠として領有権を主張することはできない。

ポツダム宣言においても、日本が放棄した千島列島と南樺太をソ連に割譲するとは書かれておらず、ソ連・ロシアによって実効支配されたこれらの地域が、どの国に帰属するかを決める国際条約はいまだ結ばれていないのである。

九人の乙女　なすべきをなし終えて

眞岡町は人口約2万3千人、樺太南部西海岸の段丘に栄えた港町で、樺太第三の都市でした。昭和20年8月9日以降、ソ連軍の侵攻が始まった北部から避難民が眞岡にも押し寄せ、終戦の翌16日、北海道への緊急疎開が始まりました。

眞岡逓信《ていしん》郵便局の女性電話交換手たちも、家族と共に疎開するよう促されましたが、誰よりも通信の重要さを知る彼女らは、急拵《きゅうごしら》えの交代要員に技量が伴わないまま業務を預ければ混乱をもたらし、危急に応じられないと、残留を決意していました。

濃霧に覆われた8月20日早朝、ソ連軍艦が眞岡へ迫っていました。

監視所から連絡を受けた交換手監督、高石《たかいし》ミキさん（24）は、直ちに軍・警察など関係方面に連絡し、宿直の交換手たちは次々に交換台につきました。

「戦争が終って5日も経っているのだから、まさか攻撃はしてこないのでは……」との淡い期待は裏切られ、まもなくソ連艦隊の砲撃が始まり、機銃が次々と火を吹きました。臨海部からすぐ山の斜面の地形にできた町は、激しい艦砲射撃で容赦なく破壊され、続いて上陸したソ連兵が、一般人にも見さかいなく銃火を浴びせました。

15日の終戦で停戦命令を受けて召集解除、軍旗を奉焼《ほうしょう》したばかりの部隊は、事態急変を受けて再び配備についたものの、戦火に追われた住民が逃げてくるのを見ながら、交戦を許されず、切歯扼腕《せっしやくわん》するしかありませんでした。被害を食い止めねばと停戦交渉の軍使を派遣しますが、ソ連側はこれを無視して軍使を射殺しました。

「私たちが職場を放棄したら、各地との連絡は誰がとるのか」──交換手たちは、緊急を伝える電話回線を守り、避難する町民のため、各地への状況連絡のため、職を離れませんでした。

金子俊男著『樺太一九四五夏─樺太終戦記録』には、その垣間の様子が伝えられています。

「敵の船が見える。かあさん、とうとう……」

可香谷《かがや》シゲさん（23）からの電話を受けた母親が、近所の家へ知らせようとして飛び込んだとき、頭上に弾道音がとどろきました。逢坂《おうさか》にある広瀬郵便局では、連絡を傍受しそれが艦砲射撃であることを知り、眞岡を呼びました。

殉職九人の乙女の碑（北海道／稚内公園）　©Hills System/PIXTA

応答があった。可香谷さんの声だった。しかし、その声は銃砲声にかき消されそうになるほど。

「外をみる余裕なんかないのよ」

（略）逢坂からはその後も断続的に真岡を呼んだが可香谷さんのあの声を最後に、午前六時半ごろには豊原回線は砲撃で切断されてしまったのか不通になった。


吉田八重子さん（21）の弟は、疎開の準備を終え、前日夕方、勤務中の姉におはぎを届けました。

「ねえさん。これ、おはぎだ。荷づくりも終わったし、かあさんが最後のご馳走に、ねえさんの好物をつくったんだ」

といって重い包みを差し出した。

「ありがとう。武ちゃん、こんなに。重かったでしょう」

弟にお礼をいって受け取った八重子さんは、ちょっと間をおいてから、低い声で、

「武ちゃん、もう会えないかもしれない。からだに気をつけて、しっかりやるんですよ」

こういって、武さんをみながら涙ぐんだ。
「うん、ねえさんもだよ」
死を決した姉のことばとは知らず、軽くうなずいて武さんは局舎を出た。（略）
「（略）姉のあのあらたまっていったことば以外は、ふだんと変りない交換室の空気でした。（略）死を覚悟しながらふだんと変らぬ表情、動作であったあの人たちの姿はほんとうに立派なものでした。私の届けたおはぎを、みんなで分け合って食べてくれたろうと思う。　死出の旅にささやかなご馳走であったが……」

非常呼集で局にかけつけた渡辺照さん（19）が、「今、みんなで自決します」と泊居《とまりおる》局に知らせたのは午前6時半頃でした。泊居の局長は懸命に自決を思い留まるよう説得しますが、その声を激しさを増す銃砲声が吹きとばしました。

「高石さんはもう死んでしまいました。交換台にも弾丸が飛んできたし、もうどうにもなりません。局長さん、みなさん……、さようなら、長くお世話になりました。おたつしゃで……。さようなら……」


所局長も交換手も顔をおおって泣いた。無情に、電話は切れた。だれかが二こと、三こと「真岡、真岡、渡辺さん……」と叫んだが、応答はなかった。

「ソ連軍が局の軒下まできた。これが最後の連絡です」

豊原局での受信を最後に、眞岡との通信は途絶えました。もはや救援も来なければ脱出の機会もないと察した彼女たちは、服毒して九人が自決を遂げたのです。

発見されたとき、室内には生々しい弾痕があり、彼女たちは、ブレスト（交換手用の送受話器）を頭につけ、あるいはプラグを手に握りしめたまま、交換台やその周辺で倒れていたといいます。

ソ連軍に抗し、眞岡市民のために、電話交換手としての職責を全うし、遂に自決を遂げるに至った彼女たちを悼み、昭和38年、樺太を臨む稚内《わっかない》公園に「氷雪《ひょうせつ》の門」（終戦時に非命に斃《たお》れた樺太島民慰霊碑）とともに、「九人の乙女」の碑が建てられました。

昭和43年、稚内へ行幸啓された昭和天皇・香淳《こうじゅん》皇后両陛下は、碑の前で説明を受けられ、拝礼されました。

昭和48年、9人は公務殉職として、靖國神社に合祀《ごうし》されました。

逓信省電話主事補
高石ミキ命　二十四歳　可香谷シゲ命　二十三歳
逓信省電話事務員
伊藤千枝命　二十一歳　吉田八重子命　二十一歳
志賀晴代命　二十一歳　高城淑子命　十九歳
沢田キミ命　十九歳　渡辺照命　十九歳
松橋みどり命　十七歳

昭和天皇　御製　（昭和四十三年）
稚内公園

樺太に命をすてしたをやめの心を思《も》へばむねせまりくる

香淳皇后　御歌　（昭和四十三年）
氷雪の門　二首

なすべきをなしをへてつひに命たちし少女《をとめ》のこころわが胸をうつ

樺太につゆと消えたる少女らのみたまやすかれとただにいのりぬ

（『あけぼの集』）

「九人の乙女」の展示コーナー
（稚内市　開基百年記念塔・北方記念館内）

三船殉難事件

樺太からの緊急疎開には、延べ220隻が、主に、大泊、眞岡、本斗から、7万8千~8万人を輸送しました。

昭和20年8月22日朝、大泊から小樽へ向かう疎開船3隻が（国籍不明とされた）ソ連潜水艦の攻撃を受け、2隻が沈没、1隻が大破し、合わせて1700人余の命が失われました。

【小笠原丸《おがさわらまる》】　◆運命を分けた選択

1514人を乗せた小笠原丸は、21日、稚内で避難民を降ろし、小樽経由で秋田へ戻る予定でしたが、疲労困憊した人々は、稚内の混乱をみて、小樽に寄港するのなら、混雑する列車より、小樽まで運んでほしいと半数が同船に留まりました。稚内で船を下りた避難民の中には、後に大相撲の横綱大鵬《たいほう》となる少年母子もいました。

増毛町沖まで南下した小笠原丸は、魚雷攻撃を受けて瞬く間に沈没し、犠牲者は640人余りに上りました。

【第二新興丸《だいにしんこうまる》】　◆甲板に響く「君が代」

第二新興丸は、商船を改造した軍艦で、3600人を乗せ稚内へ向かっていたところ、混乱を避け小樽へ回航せよと指令を受けて急遽針路変更し南下中、潜水艦と遭遇し、船艙に魚雷を受けて大破しました。敵潜2隻はさらに浮上して機銃弾を浴びせましたが、第二新興丸の激しい砲戦で1隻を轟沈、もう1隻も姿を消しました。

甲板で肉親や海に投げ出された人の名を呼ぶ悲痛な声はいつしか、誰ともなく口からもれた「君が代」が次第に合唱となりました。第二新興丸は、留萌港に入港したものの、多くの負傷者と約400人の犠牲者が出ました。

【泰東丸《たいとうまる》】　◆白旗を掲げてなお

780人を乗せた貨物船泰東丸は、留萌小平町沖で潜水艦の浮上を見て、戦時国際法に則り白旗を掲げたにもかかわらず、砲撃を受けて沈没。113人が救助されましたが、667人が犠牲となりました。デッキに非戦闘員である婦女子ばかりが乗っているのを見ながら砲撃するという非道さでした。

このほかにも、回航中の能登呂丸などがソ連の攻撃を受け沈没しています。

【満洲編】

故郷・満洲を追われて

天川悦子
北九州童謡・唱歌かたりべの会会長

間島尋常小学校６年生のとき、級友たちと。
後列中央に立っているのが天川氏。

楽しかった満洲での青春時代。
しかし、ソ連の侵攻によって難民となったとき実感したのは、
頼るべき国がないことの悲惨さだった。

天川《あまかわ》 悦子《えつこ》

大正14年、満洲国間島省龍井生まれ。昭和13年、新京敷島高等女学校入学。16年、福岡県立京都高女へ転学、17年、同校卒業後、苅田国民学校初等科訓導。19年結婚により再び渡満、新京に住む。20年8月、ソ連軍侵攻により北朝鮮に避難。21年7月、38度線を越え、引き揚げ。24年より小学校教諭、指導主事、校長を歴任。59年、定年退職。60年、中国北京科技大学日本語教師。平成元年、北九州童謡・唱歌かたりべの会発足、現在会長。第16回北九州市自分史文学賞北九州市特別賞受賞。著書に『雪の墓標』『わたくしは北京の日本語教師』『遠きふるさと』『花の稜線』など。

満洲の首都・新京の大同大街　昭和14年撮影

南満洲鉄道（満鉄）
明治39年（1906）に設立された南満洲鉄道会社及び同社経営の鉄道。半官半民の国策会社で、鉄道のほか、炭鉱開発、製鉄、港湾整備、ホテル経営など幅広く手がけた。敗戦とともに解散。

わが故郷、満洲

若い友達、といっても75歳以下ですが、「満洲ってどこにあるの?」と訊《き》いてきます。

地図をご覧ください。黒竜江《こくりゅうこう》を隔《へだ》ててソ連（現ロシア）、白頭山《はくとうさん》を起点として豆満江《とまんこう》、鴨緑江《おうりょくこう》、そして内蒙古《ないもうこ》、これらに囲まれたところが満洲です。かつてここに満洲国があったのです。

もともと、この土地は、満洲族が住んでいました。ところが、17世紀に太祖《たいそ》ヌルハチが支那大陸を征服して、清朝《しんちょう》を興《おこ》し、明朝《みんちょう》を滅ぼして一族の主だった者を引き連れて北京に移った。以来、この地はほとんど無住の地となった。そこへ日露戦争に勝った日本が、権益を得、ことに満鉄を経営して、発展を遂《と》げるにつれて、いろんな民族がここへ移り住むようになり、清国の滅亡も相《あい》まって、やがて五族協和《ごぞくきょうわ》を理想とした満洲国の誕生となったのです。いま侵略したとかいいますが、決してそういうことではありません。ちなみに五族とは日本人・漢人・朝鮮人・満洲人・蒙古人を指します。

私の父は、大正12年に九州の小倉《こくら》から新婚の母を連れて満洲に移住し、大正14年に私が産まれました。ですから、後で触れるように辛いことも多かった満

もともと満洲の土地はツングースなど北方諸民族の興亡の地だったが、17世紀、そこから興った満洲族が清朝を建て、支那大陸全土を支配下においた。清朝時代は満洲族の故地として決して漢民族の流入を許さなかった。

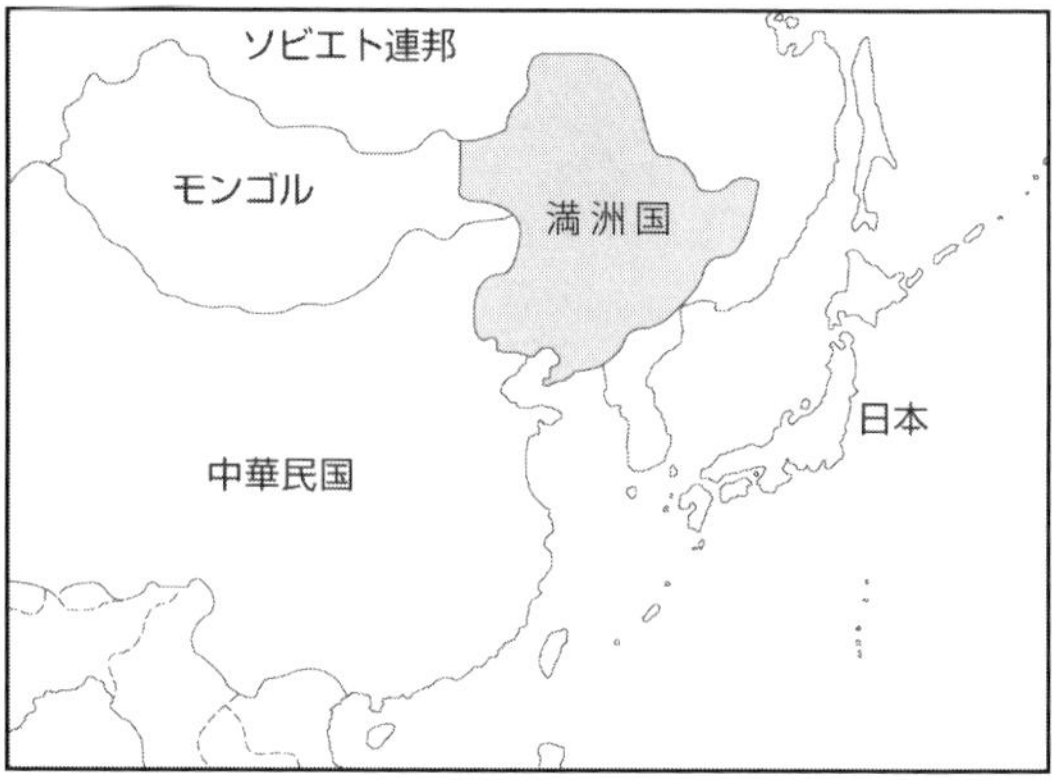

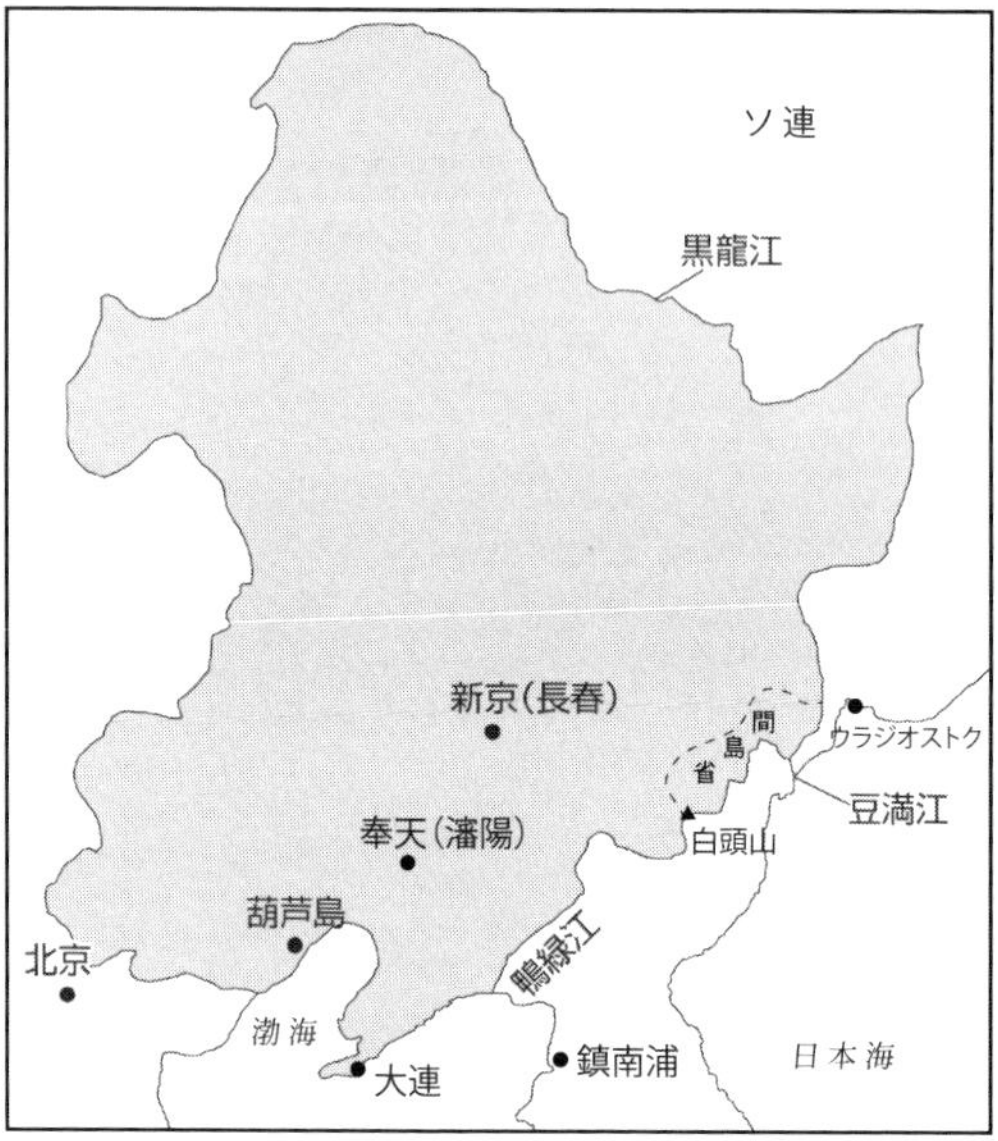

満洲国

昭和6年に起きた満洲事変の翌年(昭和7年)、日・朝・満・蒙・漢の諸民族の協力(五族協和)を理想に、清朝最後の皇帝であった溥儀を執政(後に皇帝)として建国された。日本の傀儡との国際批判もあったが、満洲事変時の人口3千万人が、昭和16年(1941)には4千3百万人と、10年間で1千3百万人も増加している。つまり、一年に百万人を超える人々が流入するほど満洲の発展は目覚ましく、魅力的だったのだ。ちなみに終戦当時の満洲在住の日本人は155万人ほど。しかし、日本の敗戦、ソ連の侵攻により満洲国は崩壊、その後の国共内戦の結果、中国共産党の手に落ちた。

洲ですが、やはり満洲こそ私の故郷なのです。生まれ故郷の間島《かんとう》というところは、朝鮮人が一番人口が多く、日本人はその何十分の一位でした。ですから後に反日の拠点ともなったところです。一時、内地（福岡）に住んだこともありますが、結婚を機にまた満洲に戻りました。

8月9日、ソ連軍の侵攻

新婚生活は楽しく長男も生まれました。その頃、私たちは満洲国の首都、新京《しんきょう》（現、長春）に住んでいました。そして、運命の昭和20年8月9日がやってきました。

前日の8日は、大詔奉戴日《たいしょうほうたいび》でしたので、隣組《となりぐみ》の常会が行われていました。その日、広島に大きな爆弾が落とされたという噂は聞いていましたが、満洲はそれまで空襲はなかったし、戦時色はあまりなかったのです。その日も常会が終って、親子三人、社宅で寝ていました。すると、夜中に初めての空襲警報が鳴りました。「国籍不明の飛行機」との放送に不安な夜を過ごしました。翌9日の朝、勇ましい軍歌がラジオから流れてきました。「……東亜《とうあ》のまもり関東軍《かんとうぐん》」、関東軍の軍歌です。また、戦果を挙げたのかなと思っていたら、次のニュースを聞いて仰天《ぎょうてん》しました。「本日午前1時、ソ連軍は突如《とつじょ》としてソ満国

新京（長春）
それまで満洲の中心だった瀋陽は、古くからの街で清朝時代に奉天将軍という役職が置かれていたことから奉天に変え、それまで何もなかった長春に、満洲国の新しい首都を建設し、新京と改めた。

大詔奉戴日
大東亜戦争開戦（昭和16年12月8日）を記念して戦時中毎月8日に行われていた。

隣組
昭和初期、戦時体制の銃後を守る国民生活の基盤の一つとなった地域組織。町内会・部落会の下に、数軒を一単位として作られた。

関東軍
日露戦争後ロシアから引き継いだ遼東半島（関東州）及び満洲の権益を守るために、清国との「満洲善後条約」に基づき配備された陸軍部隊で、

関東都督府陸軍部を前身とし、大正8年関東庁へ組織がえした折、関東軍として独立した。司令部を旅順に置き、関東州と南満洲鉄道の警備を主な任務とした。昭和7年日満議定書の締結で、日本は満洲国の防衛を協同担当することになり、関東軍の兵力を増強した。

日ソ中立条約　↓9頁

満蒙開拓団
昭和恐慌で疲弊した国内農村の救済、満洲国の治安維持、対ソ戦備の増強などをはかるため、日本が国策として進めた満洲・内モンゴルなどへの農業移民団。入植先はソ連との国境地帯が多く、ソ連の侵攻により取り残され、日本に帰国できたのは11万人あまりだった。

在満男子に対する召集令
大東亜戦争末期、関東軍は

境線において攻撃を開始せり。わが関東軍はこれを迎え撃ち……」。「ええっ、どうしてソ連が？」と思いました。日ソ中立条約はまだ有効期限内だったのです。

　後に知ったところでは、満蒙《まんもう》開拓団は逃げ遅れて大勢の犠牲者を出しました。ソ連軍は戦車で大挙《たいきょ》押し寄せ、逃げ回る人々を次々と殺戮《さつりく》していったのです。ここではその話は割愛《かつあい》して、私が体験したことをお話しいたします。

新京から鎮南浦へ、そして迎えた敗戦

　教員をしていた主人は学校にすっ飛んでいきました。老人・子供以外の男には召集令《しょうしゅうれい》が出されました。官舎には婦女子だけが残されました。当時20歳の私は、そのなかで一番若く、生後半年の乳飲《ちの》み子を抱いてどうしたらいいかわからず右往左往《うおうさおう》していました。

　それでも食事はしないといけないと、市場に行くと、通常とまるで様子が違いました。いつも笑顔で迎えてくれた朝鮮や中国、あるいは満洲の売り子たちが、つっけんどんな感じなのです。

　そうして3日が過ぎ、迎えた8月12日、「新京駅に持てるかぎりのものを持って集まれ」という指示が出ました。お米、赤ん坊のおしめ、ねんねこ、毛布など

リュックサックに詰め込んで駅に行くと、各職場の幟《のぼり》を立てて大勢の人が集まっていました。

やがて夜になりました。こんなときは、流言飛語《りゅうげんひご》が飛び交《か》います。関東軍はもういないそうよ、(満洲国)皇帝陛下も逃げた、等々。

翌朝になって、ようやく列車が出発しました。朝鮮人、満洲人が笑いながら見ています、「威張《いば》っていた日本人が、あんな格好で逃げていくわ」と。しかし、それに言い返す余裕などありませんでした。客車ではなく貨車で、窓もトイレもない車両にすし詰めです。列車は南下して奉天《ほうてん》(現、瀋陽)へ。そこから直進するか、曲がるかが運命の分かれ道。まっすぐが大連《だいれん》、左折すれば朝鮮半島。私は、「曲がれ」と祈りました。朝鮮のほうが日本に近いからです。九州には母が残っていました。列車は曲がりました。8月14日、北朝鮮に入りました。当時、朝鮮半島は日本でしたので、これで内地に帰れると皆よろこびました。ところが、平壌《ピョンヤン》の手前の鎮南浦《ちんなんぽ》というところで、列車は止まりました。ここで降りろと言う。ホームにひまわりが咲いていて印象的でした。敗戦前でしたから、現地の朝鮮の人達(当時は日本国民)が愛国婦人会の襷《たすき》をかけて、おにぎりや味噌汁をふるまってくれました。

翌8月15日は真っ青な青空でした。団長らが呼ばれてしばらくして戻ってきましたが、じっと下を向いたまま口を開きません。何があったの？　不安な気

戦力の多くを敗勢の南方戦線に割いた。そのため、昭和20年7月、在満の成年男子（18～45歳）を動員し兵力を拡充した。しかし急造部隊の錬度は低く、装備も極めて貧弱だった。

関東州
日露戦争の激戦地となった旅順や、大連のある遼東半島南西端と、南満洲鉄道附属地を併せた関東州は、明治38年（1905）ポーツマス条約によりロシアから租借権を引き継いだ日本領で、満洲国ではない。満洲国が建国されてから、関東州の租借権は日本が満洲国から受けている形式に改定され、1937年には満鉄附属地の行政権を満洲国に返還した。対日参戦したソ連が占領し、1950年中国に返還。

給水塔の向こう右側に海軍武官府。左の白い建物が敷島高等女学校。（満洲国　新京）

新京敷島高女三年生のときの天川氏

持ちになったとき、団長が「日本は敗《ま》けました」と告げました。沖縄の陥落や広島への大型爆弾投下のことを聞いたときも、まさか日本が敗けるなんて思ってもみませんでした。玉砕《ぎょくさい》の島々では女性たちが青酸カリを飲んで死んだという。私たちも新京を出たときに、いざというときのためにと青酸カリを渡されていました。私たちも死ななきゃいけないの？　このとき私は団長さんにこう聞き返しました、「戦艦大和《やまと》はどうなったんですか」と。当時の私たちは戦艦大和と戦艦武蔵《むさし》が日本を守ってくれると信じていたのです。団長は「知りません。自重《じちょう》しなさい」と言いました。

その夜から、周囲の様子が変わりました。昨日までおにぎりをくれた人達の態度が豹変《ひょうへん》したのです。鎮南浦では、私たちは小学校の講堂に寝泊まりしていましたが、夜中に、現地の朝鮮人たちが木刀やこん棒でガラス窓を叩き割って土足で上がり込み、「ざまあ、みろ。おまえたちは敗戦国民だ。おまえたちの国は敗けたのだ」と罵詈讒謗《ばりざんぼう》を浴びせました。暴漢たちは、なぐられてうずくまった団長をなおも足蹴《あしげ》にしました。

ここは危険だということで、私たちはそこを出て、港の倉庫に移りました。1棟に800人ほどが詰め込まれました。そういう建物が10棟ほどありました。土間の上に蓆《かます》一枚。そこがそれから3か月ほどの間、私たちの住まいとなりました。いままで大日本帝国の臣民《しんみん》だった私たちは一夜にして敗戦国の民と

満洲国の承認
昭和8年（1933）年2月の国際連盟総会では、満洲国を否認する対日勧告案が42対1で採択されるが、その後、当時の世界約60か国の三分の一にあたる20か国が満洲国の承認に至った。

現在の瀋陽（奉天）の街並み

なり、軽蔑と罵詈讒謗の嵐に耐えなければならなかったのです。しかしそれはまだ序の口でした。

ソ連軍の暴虐

9月になるかならない頃、鎮南浦にもソ連軍が進駐してきました。ソ連軍のなかでも、一番獰猛《どうもう》と言われた「いれずみ部隊」でした。

マンドリン銃をもったソ連兵が倉庫に入ってきて、まず床に銃弾をダダダーンと撃ち込みました。そして手を出して「出せ」と。もちろんロシア語です。そこで私たちは時計などの貴金属を差し出しました。そういう連中が入れ代わり立ち代わり毎日やってくるのです。そのうち、指輪や腕時計を体中にぶら下げた格好になったソ連兵でしたが、その中身はまったく文明的でありませんでした。例えば、電灯にタバコを近づけて火を付けようとしたりするのです。びっくりしました。教養のない証拠ですね。そのうち、どの倉庫もすっからかんになり、彼らが盗《と》る物もなくなりました。

次に、彼らは朝鮮人の通訳を連れてきました。そして、「娘を出せ」と。毎晩何人かが連れていかれました。「連れて行かないで」と追いすがるその娘《こ》の母親をソ連兵は銃の台尻《だいじり》で叩き、彼女はその場に倒れました。私はそれを目撃しま

旧・横浜正金銀行大連支店
（中山広場9号）
写真、高層ビルの手前の建物。横浜本店と同じ様式である。現在、中国銀行遼寧省分行として使用されている。
大連には、日本が租借していた明治41年から昭和11年の間に造られた日本の建築物がいくつかあり、現在も使用されている。

した。嫌も応もない。行かないと殺される。その後、娘たちが帰ってきたかどうか知りません。

私はというと、子供に救われました。というのは、乳飲み子を連れた母親たちは、「子持ち班」というグループに分けられ、おしめの匂いがするからと、倉庫の隅に追いやられていました。ソ連兵もそんな臭いところには手を付けなかったのです。後に、ソ連兵の行為は、国際的にも問題とされ、ソ連兵は引き上げを命じられました。しかし、そのときまでにソ連兵の犠牲となった婦女子の方々のなかには、自害したり、精神的に異常を来たした人などもいたと聞きましたが、そのほとんどは消息が分かりません。

生き延《の》びるために

9月の末にソ連兵は引き上げて行きました。安心したのもつかの間、10月になると、今度は飢餓《きが》が襲ってきました。それまで朝晩、水のようなおかゆにサツマイモの薄片《はくへん》が入った一椀《わん》でしのいでいましたが、それもとうとう底をつきました。当時の私の体重は35kgくらいだったと思います。そこで、恥を忍んで乞食をしました。朝鮮の保安隊になけなしのお金を賄賂《わいろ》として握らせて、町に出る許可を得て、できるだけお金持ちの家を見つけて、連れて行った息子を指

旧・大連ヤマトホテル（中山広場4号）満鉄が経営していた当時最も格式の高いホテル。

↑往年の面影を残す会議室

現在、ホテル「大連賓館」として使用されている。

して「この子が死にそうなのです。何か恵んで下さい」と。同情してお餅などくれる人もいましたが、石もて打たれるような目にも遭《あ》いました。

大日本帝国の臣民たるものが、どうしてこんなことをしなければならないのか、と恥ずかしさに耐えられないと思うけれども、ひもじさには勝てません。乞食を続けました。それにしても人間の浅ましさを思いました。何か食べ物をもらっても、以前であれば一緒に食べようと友達に声をかけたりしましたが、このときは誰にも知らせず、隅の方に行って食べました。周りからは「何食べてるのかねえ」と羨望《せんぼう》と嫉妬《しっと》の眼差《まなざ》しです。でも自分と家族のことしか考えなくなる。生き延びるためには人間は浅ましくなるものです。

そのうち寒くなってきました。鎮南浦は零下十数度まで下がります。私たちが着ていたものといえば夏服の上にセーター一枚だけ。一年間同じ格好です。あるとき隣の奥さんが「何か、かゆいね」という。私もセーターの縫い目を見てみたら白い虫がうごめいています。虱《しらみ》です。縫い目という縫い目に虱がうごめいています。まるで虱の防弾チョッキです。それからは日向《ひなた》ぼっこしながら、ぷちぷちと虱退治をするのが日課になりました。手の爪が真っ赤になったのを覚えています。

舞鶴引揚記念館　電話 0773-68-0836
〒625-0133 京都府舞鶴市平 1584

引揚記念公園内にあり、引揚・戦後抑留に関する資料の常設・企画展示のほか、イベントを行っている。

雪の墓標―伝染病に斃れた子供たち

それだけにとどまりません。虱はありとあらゆる伝染病を持ってきました。はしか、発疹チフス、ジフテリアなどが蔓延《まんえん》し、息子も水疱瘡《みずぼうそう》になりました。朝鮮人の保安隊に病院はどこか、尋ねると、「お前、敗戦国民だろう。お前の国はなくなったのに、病院なんかあるものか」と。敗戦国では病気になったら死ねということなのか。このとき初めて国というものを意識しました。戦争に敗けて国がなくなるということは、何にも頼れない。何の恩恵にも与《あずか》れないということなのです。

東日本大震災や熊本地震の被災者はお気の毒ですが、テレビを見た時に、避難所に布団が積み重ねてありました。国がついていますから、寄付が集まって、かわいそうであるけれども助けが来ているのです。当時、満洲を追われた私たちは、どんな目に遭っても誰も助けに来ない。助けを求めるところがない。亡国、つまり国がなくなるというのはそういうことなんです。

話を戻します。子供たちは１００人ほどいましたが、栄養失調と伝染病でぐったりしています。11月初めに子供たちの何人かが亡くなりました。お坊さんなどいませんから、自分達で素人なりのお経《きょう》を上げて弔いました。しかし、

地域別・引揚者数

単位：千人

ソ連	473	北朝鮮	322	インドネシア	16	ハワイ	4
千島・樺太	293	韓国	597	仏印	32	オーストラリア	139
満洲・大連	1271	台湾	479	太平洋諸島	131	ニュージーランド	1
中国	1535	本土隣接諸島	62	フィリピン	133	総数629万1千人	
香港	19	沖縄	69	東南アジア	711	軍人軍属49% 邦人51%	

（昭和51年12月末現在／厚生省援護局『引揚げと援護三十年の歩み』）

それも次々と重なりますと、精神が麻痺して、涙ひとつ流れなくなります。いざ引揚げの時、子供100人のうち内地の土を踏めたのは10人ほどでした。

私の息子は水疱瘡から奇跡的に回復して、骨と皮ばかりになりながらも助かりました。なぜ助かったのだろうと後で考えてみますと、助かった子供たちは嬰児《えいじ》が多く、母親と離れたことがありませんでした。必ず母親の胸か背中に接していて、親と体温を共有していました。それで母子お互いが助かった。このことから子供は母親との体温の共有というものがいかに大切かということがよく分かりました。

保安隊に、亡くなった子供たちの遺体をどうすればいいか訊くと、「どこかに捨てておけ。ただし俺たちの目の届かないところだ」。鎮南浦はリンゴの産地なので、リンゴの空き箱に子供たちの遺体を収めました。雪の降り積もるなか、大八車《だいはちぐるま》にリンゴ箱の棺を乗せて2里ばかり離れた小高い松林に穴を掘って埋葬しました。ところが、そこを掘り出して箱を開けて子供たちの衣服を剥《は》いでゆく北朝鮮の貧しい人たちがいました。裸にされた子供たちの遺体は狼や山犬のえじきになりました。私たちはそれを遠くから見ているしかありませんでした。藤原ていさんの『流れる星は生きている』にも同様の描写がありました。お墓参りに行こうとしても分からない、かわいそうな子供たちでした。

講演中の天川氏

中国国民党政権による送還
満洲からの引揚げは、ソ連から中国国民党の占領下になってから行われた。
昭和21年5月葫芦島から引揚げ第一船が佐世保に入港。

38度線を越えて

そんな地獄のような冬が過ぎて、やがて春になりました。もう一度冬がくれば皆確実に死ぬ。私たちはなぜそこから動けなかったのか。実は、中国遼寧《りょうねい》省西部の葫芦島《ころとう》から順次、在満日本人が日本に引き揚げた時期がありました。私たちは朝鮮の方へ向かったので、その便とは違う道を選んだわけですが、折悪《おりあ》しく米ソによって38度線が引かれてしまったのです。38度線を越えなければ内地に向かう船に乗ることはできない。しかし38度線を越えれば即、銃殺です。

しかしもう限界でした。ここにいても死ぬ。どうせ死ぬなら祖国へ少しでも近いところで死のうと脱出を決めました。その日までどうしても売らなかったねんねこも毛布も売り、わずかばかりのお金をつくって、保安隊に土下座して、お金を差し出して、見逃してくれとお願いしました。すると、一年間お風呂に入らず、ボロボロの服を着たみすぼらしい集団の哀願に同情の念がわずかなりとも湧いたのでしょうか、「俺たちに見えないところを行け」と。

脱出を決行したのは夏になった頃だったと思います。闇船《やみぶね》を雇って大同江《だいどうこう》という大きな川を渡って山の峰伝いに歩いていきました。やがて、案内人が「あそこが38度線、あの山を越えたらあんたたち帰れるよ」と言いました。団長さんが、

「夜、38度線を越えるから、昼間ゆっくり寝て体力の回復に努めてください」。私たちは木陰で休みを取って、残っていた食料をすべて食べて身を軽くしました。やがて夜のとばりが下り、月が出ました。はぐれないように皆それぞれ縄を掴《つか》みつつ、山道を歩きました。夜明け近く、団長の「あの山のてっぺんまで、止まれというまで走れ！」という号令で、皆、一目散に走りました。灌木でこすって脚から血が出るのも構わず私たちは走りました。団長さんの「止まれ」の号令。そして「いま38度線を越えました」。私たちは「ワーッ」と喜び合いました。ちょうど朝日が昇ってきました。喜びいっぱいで、崖の上に寝転びながら、下を見ると、ソ連兵がズラッといました。いまさら弾も届かないと諦めたのか、それとも憐れみをくれたのでしょうか、撃ちもせず私たちを見上げていました。

私たちは「スパスィーバ（ロシア語で、ありがとう）」と手を振って向こう側へ降りて行きました。

すると、今度は、米兵がいました。米軍こそ戦争していた相手ですから、今度こそ殺されると思いました。ところが、米兵が「並べ。服を脱げ」と。あばら骨が出ているやせこけた身体ですから、皆いう通りにすると、大きな注射を5本、馬に射ち込むように打たれました。伝染病予防です。そして、虱駆除としてDDTを頭からぶちまけられました。その粉で真っ白になって、「歩け」という命令に従っていくと、開城《かいじょう》の収容所に着きました。国境の町ですが、そこにテン

38度線
ソ連軍が満洲と朝鮮北部に侵攻を開始すると、ソ連が朝鮮半島全体を単独で占領することを恐れたアメリカは朝鮮半島の分割占領を提案。ソ連はこの提案を受け入れ、朝鮮半島は北緯38度線を境に、北部はソ連軍、南部はアメリカ軍に分割占領された。その後、朝鮮半島は、1948年、米ソの対立を背景に、南部に大韓民国が建国され、北部に北朝鮮が建国された。1950年、朝鮮戦争が勃発し、1953年に休戦協定が結ばれた際、北緯38度付近の停戦ラインが軍事境界線とされ、以降、南北の事実上の境界線（国境）となっている。

DDT
有機塩素系の殺虫剤の一つ。第二次大戦後から各国で防疫・害虫駆除に広く使われたが、残留性が高いので日本では後に使用禁止となった。

現在の大連・星海広場から見る高層ビル群

その後の満洲
ソ連は満洲を軍政下に置き、8月14日、中華民国（国民党）と中ソ友好同盟条約を締結し、満洲におけるソ連軍の撤退と中華民国による行政権の回復、中華民国への軍事支援を約束したが、期限が過

トがズラーッと張られていて、満洲各地からの避難民が集められていました。驚いたのが、コンビーフの大きな缶詰を一人に一缶ずつ渡されたことです。戦時中、こんな大きな缶詰は見たことがありませんでした。絶食に近い状態で大量に食べると危ないから、少しずつ食べなさい、との指示がありましたが、なかにはそれに構わず、かきこんで亡くなった人もいました。

それにしても米国の物量にはびっくりしました。こんな国と戦争をしていたのかと。

それから間もなくして私たちは仁川《じんせん》の港を出て、無事九州に帰り着いたのです。母が驚いて迎えてくれました。一年ぶりのお風呂では、めまいがして倒れてしまいました。枕も一年間したことがなかったので、かえって寝付かれないほどでした。そのような後遺症はありましたが、無事に帰ってこられたのです。こうして私たちの逃避行は終わりました。

頼る国がないことがいかに悲惨なことなのか

最後に、繰り返しになりますが、国の大切さを訴えたい。こんな「亡国」の憂き目に遭った者からすれば、いまの日本は実に危い、と危機感を持たざるを得ません。

ぎても満洲から撤退せず、翌1946年4月までソ連軍の軍政が続いた。その間ソ連は、日本軍から接収した武器や、工場から略奪した機械・設備など、運搬できるものを運び去った。

ソ連軍撤退後、満洲は蒋介石率いる中華民国に返還されたが、その頃から農村部を拠点とする中国共産党軍（八路軍）のゲリラ戦が活発化し、アメリカの軍事支援が減った中華民国軍は、ソ連の支援を受けた中国共産党軍に敗北し、中華民国政府は台湾に遷都。満洲全域を制圧した中国共産党は、1949年、中華人民共和国を成立させた。

満洲国は清朝の後継ともいえる国であるが、中華民国、中華人民共和国は満洲国を否定する立場から、「偽満」「偽満洲国」と表記し、満洲という言葉自体が排除されている。中国では、満洲族も「少数民族」の一つにされている。

現在の日本人は、よく国がどうもしてくれんとか、いろいろと不平不満を言っておりますが、頼む国があることのありがたさ、ということをどれほどわかっているのでしょうか。国がないということは、殺されたら殺され損、交渉の仕手がない、保障の仕手がないということなんです。どんな目に遭っても掛け合う国がないことのつらさ。そのことを骨身に沁みて分かっている私たちは、日本の国はどうあるべきか、どういうふうに子供たちを教育しなければならないか、ということについて本気で考えなければいけないと思っているのです。

憲法改正したら戦争になるとかいう人達がいますが、戦後、曲がりなりにも日本が平和だったのは、憲法9条があったからだけではありません。自衛隊がいて、米軍が駐留していたからです。それが事実です。そこを見ずに、9条を守れといっている人達はあまりにも無責任です。そんな人たちを見ていると、私はいっそのこと、米軍が全部引き上げてしまえばいいとさえ思います。その上で、日本を守るにはどうするか。自分自身で国を守るという自覚が足りない人は、そうでもしないと目覚めないのかなと。

ただ、そうなったときは、もう遅い。頼むべき国がない、頼るべき国がないということがいかに悲惨なことなのか。誰しも個人の幸福、個人の平和を望むでしょうが、それは国あってのものだということを、決して忘れてはいけません。そのことを特に若い人には知ってほしいと思います。

不動の開拓理念　二つの千振

栃木県那須《なす》山麓の千振《ちぶり》は、満洲千振《ちぶり》開拓団の引揚げ者によって拓《ひら》かれました。昭和8年、関東・東北信越から選抜された在郷軍人500人が入植した満洲の千振は、元の地名「七虎力《しちこりき》」の満洲音「チフリ」と、神国日本発祥の地名「千穂《ちほ》」にあやかり命名されたもので、高松宮殿下より下賜された日章旗を団旗として、満洲では事あるごとに拝し、士気を鼓舞しました。この御旗は、終戦の混乱の中で団員が肌身につけて引揚げ、今も大切に保存されています。

入植当時は、匪賊《ひぞく》（徒党を組んで殺人や略奪を行う盗賊）の襲撃に対処しながら命がけの開拓でしたが、宗光彦《そうみつひこ》団長は、満農・開拓民を区別することなく、満洲国の綱領「五族協和」の基本理念を貫き、千振は満洲開拓団の模範とされました。匪賊の首領謝文東とも和解に至り、彼らは終戦後も共産軍から残留日本人を守り、ゲリラとして戦って戦死しました。日本人開拓民がやむなく千振を離れ首都・新京に引揚げたときには、千振の現地民から「千振に戻って我々と一緒に農業をしてほしい」と懇願されるほどでした。

戦争末期になると成人男子は殆ど徴用され、ソ連の侵攻により千振に残された婦女子は悲惨な逃避行となり、翌年夏に帰国できた引揚者は、二千人の内の半数ほどでした。その後、内地で「第二の千振」を開拓しようと、新たに開拓した地が那須の千振です。

この地区は、標高500m前後の準高冷地で、入植当時「雑木繁茂して狐狸《こり》の巣窟」「流水の便は皆無」（『千振開拓十年のあゆみ』千振開拓農協）であり、農作物の生育には適さない火山灰土壌の荒野でした。初年は元馬小屋を改修した一軒家での共同生活で、役割分担を決め、松や櫟《くぬぎ》の根を掘り起こしました。開拓碑には、月の光で荒地を拓き、麦を蒔いても稔りはなく、満洲に失った千余名の愛し子、兄弟達のことを想うと、立つ力さえも抜けていったと書かれています。それでも拓きに拓き、十年の試行錯誤の末、ようやく酪農を軌道に乗せ、荒野は豊かな牧農地になりました。

シベリア抑留の夫を待つ妻たちも村全体で世話をしました。満洲では、父親を亡くした子の学費を村で支援するなどした宗団長の「千振一家」の相互扶助の精神を、ここでも実践したのです。彼らを支えていたのは、「青春の総て、精魂のありったけを注ぎ、あれだけの尊い同志の屍をのりこえて満洲第一の開拓村千振を造りあげた」（前掲書）自負でした。

戦後60年の平成17年9月、天皇・皇后両陛下は、秋篠宮《あきしののみや》殿下、紀宮《のりのみや》さま、眞子さまを伴われ、那須の千振を訪問され、関係者を労《ねぎら》われました。

このときご案内役を務めた元開拓団員の一人、中込敏郎氏は、昭和56年、日本人の訪問が許されるようになった旧満洲で、かつての現地民の仲間と再会を果たしました。彼らは、昔学んだ知識や技術を生かして活躍しており、満洲に残した住宅、家畜、栽培技術も受け継がれて農家のためになっていると聞き、心からの友好を深めました。現地の友人たちとの交流は、その後も続いているといいます。

ソ満国境近くの満蒙開拓団の犠牲は特に大きく、国策で入ったにも拘わらず関東軍は彼らを見捨てたと、満洲に渡った人々を「棄民」と称し、国を蔑む風潮があります。しかし「棄民」などではなく、千振開拓団のように、不動の開拓理念を示した五族協和・王道楽土の建設者として評価されるべきではないでしょうか。

天皇・皇后両陛下は、十年後にも那須の千振を再訪されました。

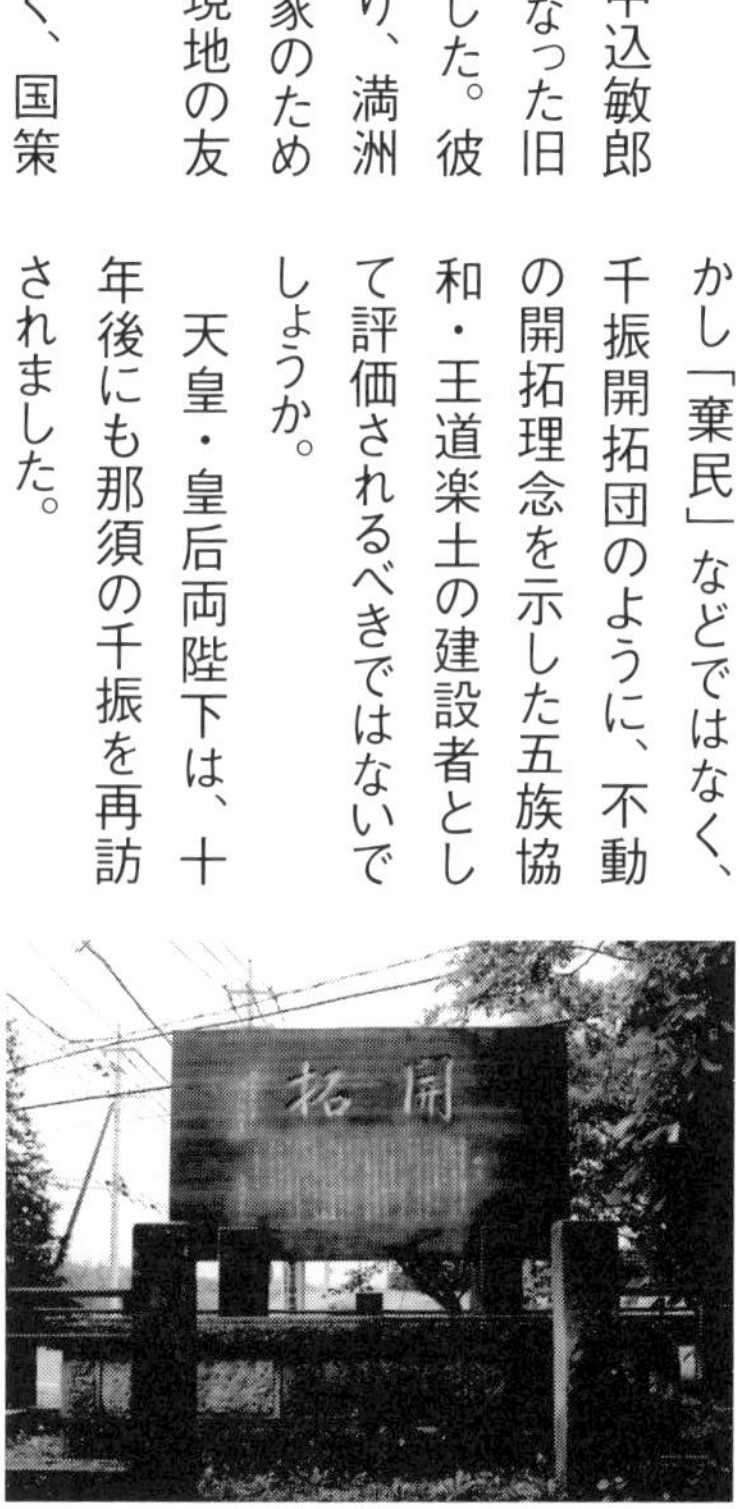

千振の開拓碑（那須）

今上天皇　御製
（平成十七年）

たうもろこしの畑続ける那須山麓かの日を耐へし開拓者訪《と》ふ

戦後七十年に当たり、北原尾、千振、大日向の開拓地を訪ふ　（平成二十七年）

開拓の日々いかばかり難《かた》かりしを面《おも》穏やかに人らの語る

北原尾（宮城県）は南洋パラオ、千振（栃木県）・大日向（長野県）は満洲からの引揚げ者開拓地

樺太・満洲〈帰還・引揚〉関連年表

戦後強制抑留者の帰還

ソ連に強制抑留された人たちは捕虜ではない。終戦により武装解除したのであって、そのまま帰国して当然であった。ソ連・ロシアは、強制連行を正当化するために、これを「捕虜」と称し軍事行動の延長にしている。「捕虜」ならばハーグ条約により賠償義務を負う必要がないからである。

日本は、中立を破ったソ連の一方的な侵攻を短期間防戦しただけで、戦争犯罪など発生する余地が無く、ソ連に関して戦争犯罪人など存在するわけがない。それでも軍の参謀、特務機関、憲兵隊、警察などの職を経験した人の多くが「戦犯」にされ、反ソ活動との理由で有罪の判決を受けた人たちも、処刑あるいは長期の有期刑にされた。

昭和20年（1945）	
8月23日	スターリン「日本人軍事捕虜50万人をソ連内の収容所へ移送し、強制労働を行わせる極秘命令」
昭和21年（1946）	
5月28日	昭和20年11月になって、関東軍の軍人がシベリアに連行され強制労働させられているという情報を得た日本政府は、アメリカを通じてソ連との交渉に移る
11月27日	GHQと対日理事会ソ連代表部との間で「ソ連地区引揚に関する米ソ暫定協定」が成立
12月8日	ナホトカ引揚第一船「大久丸」「恵山丸」が舞鶴入港（昭和22年1月6日までに10,009人が舞鶴に引揚げ）
12月19日	「ソ連地区引揚に関する米ソ協定」調印によりシベリアからの帰還が本格化
昭和22年（1947）	
4月7日	引揚げ再開、第二次引揚げの第一船「明優丸」舞鶴に入港 抑留者の引揚げはその後、中断、再開、復活、あるいは赤十字協定締結、日ソ国交回復などを経て、おおむね帰還が終了するまで10年を要した。
昭和31年（1956）	
10月19日	日ソ共同宣言調印
12月26日	最終引揚船「興安丸」が舞鶴に入港

樺太・千島からの帰還

昭和20年(1945)	
8月22日	緊急疎開の3船がソ連潜水艦の攻撃により殉難
昭和21年(1946)	
2月2日	ソ連最高会議幹部会、前年9月20日に遡り、南樺太・千島列島を南サハリン州としてソ連に編入(昭和22年2月、ソ連憲法を修正しサハリン州に改編。何れも国際法上、領土主権のソ連への移譲を認めるものではない)
11月27日	GHQと対日理事会ソ連代表部「ソ連地区引揚に関する米ソ暫定協定」が成立
12月5日	樺太の真岡から引揚第一船「雲仙丸」が函館に入港
12月19日	「ソ連地区引揚に関する米ソ協定」調印
昭和22年(1947)	
7月11日	千島地区からの最初の引揚船「白龍丸」が函館に入港 昭和24年夏までに、島民の殆どが帰還

満洲・朝鮮北部からの引揚げ

満洲や朝鮮半島の北緯38度線以北などソ連軍占領地域では、引揚げが遅れたため、帰国に到らなかったり、祖国の土を踏むことなく力尽きた人も多い。満洲からの引揚げは、ソ連から中国国民党軍の占領下になってから行われた。また約20万人が自力で北緯38度線を越えて日本へ帰国した。

昭和21年(1946)	
1月15日〜17日	「引揚に関する会議」で、海外全地域の日本人すべての送還が、GHQ指導の下で行われることが決定
4月5日	満洲からの最初の引揚船が博多に入港

【中国国民党政権による送還】

5月11日	中国国民党軍と米軍との間に「旧満洲在留日本人の送還協定」成立
5月14日	遼東湾北西岸の葫蘆島から引揚開始(第一船佐世保に入港)
12月20日	北朝鮮(興南)からの引揚第一船「永緑丸」佐世保に入港 中国地域からの集団引揚げは、中国国内の内戦等の影響により、昭和24年10月に中断、昭和28年に再開
昭和28年(1953)	
3月23日	「北京協定」に基づき引揚げが再開。引揚第一・第二船「興安丸」「高砂丸」が舞鶴に入港
昭和33年(1958)	
7月13日	中国からの引揚第21次船「白山丸」が舞鶴に入港 21次引揚げまで37隻入港、32506人帰国
11月16日	それまで唯一残されていた舞鶴引揚援護局が閉局

著者
小林恒夫（こばやし　つねお）
昭和10年、東京生まれ。
一般社団法人全国樺太連盟会員
天川悦子（あまかわ　えつこ）
大正14年、満洲国間島省龍井生まれ。
北九州童謡・唱歌かたりべの会会長

＊本書は『日本の息吹』（日本会議）平成28年8月号〝国家なくして平和なし〟の稿をもとに、再構成したものです。

国家《こっか》なくして平和《へいわ》なし
［樺太《からふと》］［満洲《まんしゅう》］故郷《ふるさと》はるか

平成二十八年十二月　八日　初版第一刷発行
平成二十九年　六月　一日　初版第二刷発行

著　者　小林恒夫
　　　　天川悦子
発行者　小田村四郎
発　行　株式会社明成社
〒一五四―〇〇〇一
東京都世田谷区池尻三―二一―二九―三〇二
電　話　〇三（三四一二）二八七一
ＦＡＸ　〇三（五四三一）〇七五九
http://www.meiseisha.com
印刷所　モリモト印刷株式会社

ISBN978-4-905410-40-9